晚安晚安

陸穎魚

詩人也要曬衣服。

以信／代序

——給魚魚

信，似乎不該有題，但我還是忍不住起了，只願你看到會笑。

至於其他買了你《晚安晚安》的人，翻開目錄，大概也會明白，對，你的新詩集裡不少作品都有這樣的副題：給S、給母親、給駿駿、給也斯……當然還有：致少年。

他們看著你　看著你
彷彿你即將遇見的同伴

你應該喜歡寫信吧？不然也不會在找我寫序的時候，說：「你當寫信便好，別有壓力。」

你這樣建議，我馬上就真的少了壓力。我明明不是一個懂得解讀分析詩的人，我只會寫詞也愛讀詩。替詩集寫序？

但你說，當寫信便好。也許，讀一首詩，有時，也像讀一封信。於是我說，好，我會回信給你。

然後，差不多到了我們說好的期限時，你又說：「你慢慢寫，一月初給我信亦行。」

雖然你體貼，但我依然開筆了。因為，剛來到里斯本，是我幾乎每一年都來的，覺得就是寫信給你的地方了。

里斯本，寫信。

再想下去，也許是因為里斯本之於歐洲，寫信之於我們這個Whatsapp／Line／Wechat的年代，很超現實，很你，很你的詩。

超現實。

我想到的超現實有兩種意思，一就是超乎現實，脫離現實，非現實；二就是不知從什麼時候開始我們都說「超正」、「超爛」、「超好食」的「超」，就是非常，非常現實。

如果我說你的詩超現實，我想說的，是我覺得你的詩，既非現實卻又非常非常現實，讀在其中身在其中，有時漂浮，有時拉扯，有時漂浮並且拉扯。

我再試試多說一點。

有一次，我參加了一個活動，用意之一相信是調侃目前藝術世界過分商業化吧，活動叫藝術家打麻將。事後，我告訴一個不屬於文藝圈的人，她詫異地說：「藝術家也打麻將嗎？」

藝術家不但打麻將，還得上廁所擠公車洗衣服，一如詩人也要曬衣服。

你的詩，魚魚，往往帶著日常生活的種種，是吃人間煙火的，是我們熟悉的，是非常現實的，但同時你又喜歡以某種流麗的姿態突然把我們帶到非現實去，例如你寫曬衣服：

於是她想
把腦裡的衣服拿出來曬曬
星期天是最乾淨的

例如你寫燒菜：

去街市跟豬肉佬買豬肉
回家　拿菜刀把厚厚的擔心剁碎
滾水　提醒我能做的微笑十五分鐘

例如你寫兩個人一起：

他把背影放在左邊
她把左邊的冷淡放在倒影裡

非現實得來非常現實，非常現實到非現實了。而這首詩，超，叫《每一段婚姻都有一個人會先死》。笑著笑著就會流下淚來的。當然，叫我且笑且哭的還有詩集最後一個小輯「雨傘運動」。

由此，我也想說，魚魚，你的詩如此超現實，更該是走在現實裡讀的。早前，聽到有人提及有個手機app，專門讓人睡前聽一首詩。而你的詩，不長，最好就在巴士站前茶餐廳裡讀一首兩首，專注的，像睡了一樣，然後，抬起頭來，發現，正如你說的：

巴士站還是有人等著坐著
茶餐廳還是有人吃著聊著

然後，也發現，時間剛剛緩慢了，空間稍稍開拓了。是啊，詩，至少該有這樣的用處。我覺得，你的詩，讀在尋常巷陌中，就是如此的與現實揉弄著，難怪的，你在2014年給我最後的信裡寫著：

「這詩集是二十五至三十歲之間的紀錄，途中有些日子實在難過。雖然是老套，但我的確是向三十歲之前的自己道別，然後往三十歲以後的人生出發。」

「其實我明白的，誰的生命沒有傷疤？更何況我從不覺得孤獨是壞事。但有些時候，人真的好累、好累了，我們所渴求的，只不過是想好好睡上一覺而已，暫時離開現實世界幾個小時。」

你向三十歲道別，也向你住了很久的城市道別。你知道嗎，我在三十一歲的時候離開香港。有機會我們再詳談道別離開的意思。此時，冒著老氣的險，想跟你說，我相信你可以的。

詩人也要曬衣服，幸好，詩人也懂「超現實」。在我剛讀著的小說裡，有個角色這樣說：「在這個衰敗的愛審批的世界裡，好的字好的句子越來越重要……。沒有字，一切都是混亂。」

也許，像你的這種詩意，可以叫我們求生。也許，我們都希望身邊的人學懂這個求生伎倆，所以繼續寫詩，像信一樣寄到世界去。

信。

末了，送你一段詞，是我今年寫的，當時就想起了自己離開之後的種種，歌叫《只帶一只行李箱》，你在海另一邊的島上，找來聽聽：

偶然找得到 我的桃花源 帶不走桃花香
偶然碰得到 我的流星雨 帶不走流星光
我的行李不多不少 像我的旅程可短可長
偶然抬頭一看

期待你的回信。

周耀輝

2014除夕，里斯本

晚安晚安

I：終於風景、過去風景

N／一個哀傷方法

日與夜。

非常需要勇氣
喝一杯無辜的威士忌
喉嚨痛燒熔發炎的心
寫在身體裡的
很破很細很濕的詞語
堆疊餘溫未散的瓦片
寄給你　全部
沒事　這就是愛
失去甚麼也不失去甚麼
牆壁種滿我受夠折磨的樹
佈置著兩種夜的日與夜

渾蛋。

我一直覺得
憂愁是好的
孤獨也是好的

它們讓我慢慢成長
變成一個與眾不同的
渾蛋

這個渾蛋
像一隻小貓崽
像一條獨木舟

晚安晚安

把憂愁的愚蠢喜歡過了
把孤獨的河流擁抱過了
這就是你們可能討厭的我
我也可能有時討厭的你們

再見香格里拉的女孩。

許多事情並無必要責任
尋一個完美答案為它已經美好完結了的
如果再見是關係與關係的親密剝落
戀人哽咽記得不要狂奔
不要過於害怕甚麼所謂猖狂的寂寞
有些篤定的難過終在某天化成明星
不是所有奔馳的靈魂都擁有悲傷翅膀
旋轉木馬望著太陽不斷退後
不要伸出剎那的手也不要相信短命的游泳圈
或許感情就是極為善變的一種懦弱
累積的一錯再錯並非科學家能夠研究的自然
我不要被你記住：如果有一天
肢體語言已經不再深刻而你有你的痛我有我的傷
沒有世界的戀人啊沒有戀人的房間
再見了香格里拉的花兒執著的綿羊

最後最後。

——給S

浮在彩虹底下的游泳池
啦啦隊為運動場跳出第一個陷阱
回憶是你抽你的煙
我彈了幾年掉落的灰
巴士站還是有人等著坐著
茶餐廳還是有人吃著聊著
小山坡已經換人看著笑著
鑽石的山變成
我們都不再攀爬的夢
本來親自還給你的
冬菇頭，大眼睛，綠色運動套裝
最後只有信封看見照片
最後你摺過的心
終於離開九龍的灣或者西貢的海
年輕總是憂傷的小巴
載著初戀的乘客一去不返

紅豆。

終於找到
一個哀傷方法
證明自己
厭煩的
不適合你
挖傷一個洞
把紅豆
換成你
灌溉我
傷痕的心

用近乎癱瘓的慢火
煮成甜湯
讓你親手遺棄
在水渠裡衰竭地反光
泥漿的愛

致少年。

你突然感覺自己就是角落
你用喝醉的煙去學習呼氣吸氣
你不斷切開藍色和紅色的故障
你覺得房間有好多張臉
有老人　有貓頭鷹　有電視機
有卡夫卡　有保鮮紙　有一把刀
他們看著你　看著你
彷彿你即將遇見的同伴

神秘午後的怪物長大。

謊言一滴一滴地澆灌時間
美麗女子生下殘忍的嬰兒
舌頭被剪成空中的崩裂彩帶

你我
小心翼翼地綁上一塊
拍手之中的蝴蝶
不會再度睜眼驚醒過來
沒有所謂黑暗
沒有所謂停擺
熱情的紅燈消失
善良的綠燈死亡
孩子喝掉開了瓶蓋的蘇打水
世界一秒之間被雷聲包圍
怪物半秒之間慌張長大
神秘午後
我不會存在
而遲到萬年的另一個午後
你在嗎

小九九。

在浴室裡水蒸氣活著
猜熱水裡熱水的表情

霧氣把無聊蜷縮成一團溺水的奶油
而我和三十歲的喉嚨
乾了那杯太陽『內出血』的酒

像這種體質笨拙的洗澡日子
清醒不能超過凌晨的疲憊
或一碗肥皂的幽默

至於浴缸旁邊那瓶憂鬱的洗髮液
早已裝滿了我過期的悲傷

你猜她多少歲。

星期天是最乾淨的
她的身體比昨天又老遠一點
感覺像一杯愈來愈水的凍奶茶

於是她想
把腦裡的衣服拿出來曬曬
星期天是最乾淨的

但腦裡的光比平常又秘密一點
睡在一起的想像力像一群混血兒的安眠藥
它們混出覆盆子的味道

但她的
小尾指不敢一路驚喜。

近來的天氣
真像吃掉了一隻懷孕的貓
愈靠近皮膚愈靠近災難

她決定去洗澡
星期天的浴缸是最乾淨的
潛入去便是另一種自由

一點歡喜情慾便是一座狂喜噴泉
可以理解所有污點
可以清楚表達所有流淚的欲望

I／終於風景、過去風景

噓。

陽光逃離創新
於是黑暗包抄熱情
別說那句話
停！
理想是禁用詞語
不要說
你心中有愛
因為這裡沒有人愛你
想像力有害身體健康

不要蘊釀五光十色的新思維
勤奮已經買不到安居與賞識
只不過是勞動動物而已
我們這裡
已經沒有英雄
如果你敢
把住在心裡的孩子殺掉
如果你我都敢
說一句真話

野花的箭。

晚安晚安

我們親手種的野花
凋謝下來的箭
剪爛我永恆給你的一個愛字
或者是
直接剪爛我

動情。

圈抱你　開花的肋骨
像一杯薑茶倒瀉下來
浸暖我　冰糖的夜
如果承諾是島　而不是飛走的鳥
我們決定重疊　把對方的時間混起來煮
煮成更加堅強的皮和肉
當兩粒肚臍　忍不住親吻
黑夜不再是背景
身體充滿了光　照穿影子的盡頭
誰都不再為了深深動情　倒數時間

一隻被愛情吻死的蜜蜂。

有時候愛
有時候不那麼愛
有時候不知道還是不是愛
有時候不是不說話
有時候只是
沒重要的話可說
也沒無聊的話可說
最後你給嘴唇丟下
最後一個尖銳的蜜糖香吻
嗡嗡聲
蜜蜂死了
嗡嗡聲
愛情掉了

蝴蝶的符號。

你開始不再看我
最薄的黎明　累得像一地沙
最厚的黃昏　哭得像一池水
所有爬牆的蝴蝶結
是沒有翅膀的謎
只要你是對　我永遠是錯

為了。

為了讓你發現
我呼吸著
為了讓你遇上
我要變成　好的命運
為了擁抱
我對距離表示謝意
為了你終於回來
我願意做
沉默的守望者
詩人的還魂者

身體錄音機。

那個很有意思的窗
裝著很沒意思的風景
也許，這就是世界
不會永遠發生有趣好玩的事情

我們用三十分鐘也沒辦法好好介紹自己
而一隻貓的解釋是
當對方沒有看著你眼睛卻一直喵
這個叫做討厭

於是你開始帶著錄音機出門
你接近椅子、枕頭、門把和打開雪櫃等等
你看著它們說：「看　著　我」
你重覆把這工作一做再做

日子把你們透明的對話錄下來
椅子七歲，枕頭三歲，門把十九歲
然後你開始發現了窗的故事
聽到木紋裡面有一圈月光尖叫

5cm。

與你的距離
我希望可以
短過一條魚的尾巴
我非常敏感的
5cm

或許必然如此。

過去
還不過去
你
還是你

風景中
我看著
你的過去
過不去的風景

於是
我的風景
過去你
再過去我

直到
你的風景
也過去我
風景的過去

終於風景
過去風景
過去了
你和我

地上的鹽。

晚安晚安

你轉身走
我的淚就落成地上的鹽
神情平靜的一場雨
把它沉睡去
剩下我
和很深很深的夜
愈來愈鹹

hello。

靠近心　的心
你眼關上我眼
放棄那句話
讓衣與衣之間的熱
空氣裡　開花
散著　飄著　車著
奔跑中心的跳
聲的音　音的浪　然後
浪失蹤我們
衣與衣之間
一扇熱　一扇冷
美好　破爛的浪漫

每一段婚姻都有一個人會先死。

我們被困在同一所房間裡
爸在吃煙　媽在煮菜
孩子在打電腦
電視機的強大聲浪
只為證明一個正常家庭應有的溫馨和諧
晚上十時過後的世界變成沙
埋葬一具又一具穿著責任與道德的身體
他把背影放在左邊
她把左邊的冷淡放在倒影裡
每種語言都擁有屬於自己對於坦白的距離
熟了的愛情就是我只會望著你而不會吻著你
每一段婚姻都有一個人會先死

溫室花朵。

「有些時候，我只想做一些或許非常危險的事情。
例如，和一個六十歲，已婚，有錢，育有兩個孩子的男子。戀愛。」

現在你看到的東西都是塑膠造的
包括睡在女人旁邊的男人
青少年變成小偷收藏的色情片
叫聲是嫉妒的　興奮是青蛙的
動作是脆弱的　快樂是玻璃的
終究是帶著罪惡保護不忠的世界
於是我放棄語言

一個受傷了的夏午
慢慢。慢慢。
沿著深淵的路，彈著抑鬱的海岸線
一個百無聊賴的浪花捲走了沙的靈魂
可是你仍然在雨裡疲累安睡
現在還不是該安全醒來的時候
不是。還不是可以信任的寒冷氣候。

舊時的戀愛是奇怪的東西。像
一個小賊握緊一把鋒利的小刀
以輕音樂的腳步意圖偷竊天使的羽翼
可惜現在已經沒人談戀愛了
電影院裡再沒有火辣辣的探險隊伍
信箱變成吃下電費單的枯井
當一切變得科技，我只想收到情信

快餐店是一切人類文明裡的偉大建築
深懂肚皮的需要但破壞了燭光的浪漫
我餵你我餵你我餵你吃下我的肉體
脫掉碎花裙然後砍掉那雙凍僵了的腿
最好也挖除我的眼睛我的靈魂
時間已經要滅亡而你卻認真地說：
「讓我思考一下甚麼叫自由。」

只有妒忌的才叫做愛情
我要建一座牢獄，把你囚禁在裡面。
我不要孤獨的黑咖啡
我不要沉默的鎮定劑
我不要等你。等到天色漏出光亮
顯然，上天給予人類最好的禮物
不是戀愛而是自殺的念頭

風
隱語地
愈吹　愈微　愈脆

光
躊躇地
愈照　愈亂　愈暗

風光如此殘破的愉悅如清晨前的迷離
現在已經沒有不懂「吃煙」的孩子了
當 1924 年死掉最後一隻寒鴉
眾多莫名的女孩在溢滿鴉片煙的情慾裡
愈脫　愈多
愈思考
愈　緩緩　墜落

G／數學在深夜計算你的憂愁

健康與墮落。

光看著自己說：「好黑」
夜睡在窗邊說：「好白」
水摸著身體說：「好破」
風吹著秋天說：「好硬」

世界怎麼辦了
原來你混亂世界便會混亂
覺得傷心所以需要痛
愛不是一種污染

你愈健康我就愈墮落。

免費的昂貴。

晚安晚安

免費的人晃來晃去
免費快樂之後免費傷心
免費地不知所措看著
免費的他離開免費的她
免費的分手免費了
他們由免費換來的吻
於是免費的時間免費了
需要付出代價的眼淚免費了
心臟作怪的掙扎免費地清理乾淨掉
那根本不能免費的愛

發熱。

額頭燒出一斤紅玫瑰
如果你愛
就用叮叮車聲的吻
將她可愛起來

如果不愛
就把翳悶的窗口推開
讓她滾燙的心離開花花世界
回去一個宇宙的烏雲

數學在深夜計算你的憂愁。

一切都是開始
都是盡頭
我們稱之為緣份

數學在深夜計算你的憂愁
你覺得很難面對了
滴答滴答

順時針其實理解一切誤認
在另一個可能的過去
另一個可能的未來

夜星會為你揭曉
愛從來不相信深奧

一個養女子的貓。

午後
天空收斂過份燦爛的臉
突如其來的憂鬱症

突然間
沒什麼事情發生
傷心就自然發生了

五層樓高的窗外
高矮肥瘦的樓房撐著身體
都是很老很老的人

房子表面布滿皮膚病的疤痕
承受著歧視目光
近乎忘記撫摸那回事

她看著那團糾結灰色的雲
低頭看手腳呻吟的潮濕
她把臉拆下來

脫下不自由的衣服
高級白色襯衫，湖水藍尼龍裙子
沒有下雨日子的熱

讓人乾涸地煩躁
頭被痛楚爆開
誰會喜歡臨死的姿態？

她睡在坐地式風扇旁邊休息
眼神飄向窗外面金黃色的遠方
像一瓶倒瀉變酸慘白的牛奶

一個美麗與哀愁的摺耳貓走過來
伏地喝了她幾口
女子就醒過來　露出一個犯法的笑

空氣織成的幻覺。

什麼是抑鬱
綁住你的一條空氣虛線
抓住你殘舊的呼吸
它喜歡在你的房間怒放
荒涼的音樂
你聽著別人聽不到的
一行眼睫毛的哭泣
你嘗試關掉粉紅色的十隻手指甲
幻覺不太喜歡燦爛的顏色
有時候它會說：「在葬禮的附近等我。」

壞掉的人。

一座深不見底的霧
從你局部的眼角升起灰雨的濛

歸零時間把生死疲勞
由「什麼」至「哪裡」捲曲
軟軟的身體發酵出一層葡萄色
包住未來式的灰塵

窗外一群烏鴉又在雲朵點火
興奮地串燒自己
羽毛咬緊牙關發出甜蜜的啾啾聲
炭成瘀傷的泥巴

泥巴鋪在你已經潮濕的屋
四面荒野的牆
正在掩飾早晨的愚蠢
你眼底的藍圖走出一條愈來愈窄的小巷

靈的魂開始飛起
往世界末日的懸崖裡
大喜大悲
結束　好的東西　壞的東西

H／沉默。暗啞。微小

豬肉水。

——給母親

星期一至五
去街市跟豬肉佬買豬肉
回家　拿菜刀把厚厚的擔心剁碎
滾水　提醒我能做的微小十五分鐘

豬肉隨白霧升起一則夢的藥方
兩碗煲成半小碗的精緻
帶去醫院給你和藥水味和老人味
星期一至五

你會發脾氣　說太淡　煮壞了
於是星期一至五
豬肉佬和街市和豬肉
曾經失去聯絡方法

可是你仍然躺在床邊喝豬肉哭出來的水
雖然時間永恆保持緘默
我們擁有不停復活的星期一至五但
不會擁有永遠的病

我留下來陪你睡／異鄉人。

——給駿駿

秋風不曾私談的憂慮
是冬天無法彈奏的音符
你選在這麼一個孤獨的季節交換點
往海邊遊戲

而我只不過短短四小時等待與擔心
身體所盛載的藥水味已經佔領整個房子
離席的理性終於回來
解放眼裡的紅與夜的瘀紫
我要渴求順利而且溫柔的短休

但生命的溫度在烤箱裡翻熱失敗
沮喪的眼睛帶著一座監獄的塵埃向另一個江湖推進
（在這個世界佯裝睡。卻在那，清醒的）
睡過心痛／睡過狂暴／睡過掙扎／睡過無助

而你睡過死亡。或已經睡進去了。
在另一處無生命底，無噪音拐彎抹角之地
在佈滿白花的黑海
海鳥不斷替孩子催眠永恆的眠
彷彿你也已經讓海水暈開染成第二空間的白

到底是醒著的世界混沌，抑或是死亡的世界澄明
當你不願生的時候
我每一次的睡和眠都是虛無的休克
「無論生或死，我們都受制於魔術的愛和荒謬的未來。」

我還記得那個打冷震的深夜
你就像沙漠裡頭缺水的詩
把自己寫成一封愚蠢的告別信
泥灰字跡藏著一瓶精神奕奕的藥丸
玻璃瓶表面很安全地包裹一再毀滅的聲音

如此畫面已經超過一把刀的絕望
已經能夠準確地撕開靈魂身世的秘密
我看著睡在遺書裡的人
如此安靜，卻又似一片雲才剛聚集煩惱

房子四周匯聚所有光的弱／所有暗的強
最後你還是偷偷地閉上我們
左邊是過期的堅強，右邊是抱歉的軟弱
兩邊同時閉上了這個思想不允許偏差的世界
嘿，你要走了嗎

還是順著星星的背影回來吧
像失蹤的傳說，失戀的金錢，失憶的憂愁
返抵新鮮層疊腐爛的這裡
繼續辛苦地／抽象地培養漂流人生的哀傷

每天早晨繼續賴在床上沉默然後
終於嘔出不同演技的肚痛
或每天晚上揹著德語系出生的駱駝
嘗試走出哲學家愈建愈虛的沙漠
而我們都願意接受這樣的你

黎明已經找到迷宮出口
綠野也正準備穿過你徹夜苦惱的肚皮
在有限場地和時間播放的一場恐怖電影裡
嘿，你要起身了

（重新回家的異鄉人）

月亮節快樂。

——給L

喜歡地球只有一個月亮
讓愛的距離／濃縮成一句美麗晚安。

你把電話跌進河裡
翻譯一種「詞不達意」的空氣
內在　有一直累贅的舞蹈
起了灰色毛球的過去

每當趕上沉重的飛機
無聊的自由便開始跳痛
而時間分成兩份思念
一份太嘈／一份太靜

有時候你會寄來信
中間隔了　另一片天空
有時候你會傳來歌
翻過牆　讓我聽台北的風和耳語

然而生活始終傾向軟弱
日常瑣事是一整排緩慢的螞蟻
教我的心　卡在慘綠的苔蘚
唯有你努力吐出來的話完全新鮮

讓腳步踩到地上的踏實
雖然行李箱總是斷續地帶走
我們。稀少的晚餐
等待／像一本還在掙扎出生的小說

當你那邊一直持續下雨
而我這邊陽光普照　相同的溫柔
各自泡在同一朵圓月裡
在不同據點隱約發燙。持續慢甜

晚安晚安

H／沉默。暗啞。微小

像她這樣一張紙。

——給美兒

她有些傷心
她很容易就傷心
她讀書愈來愈多
她的疲倦就愈來愈深

她獨居
她記得以前的事情
比現在的白還白
她養了一隻貓

貓本身是冰涼的
只有咖啡杯裡的貓是熱的
她應該喜歡黑咖啡
苦的味道最明白苦的味道

她大部份的凌晨都非常精神
她家的窗簾布有很多開了花的雲
有時候看起來一臉委屈
有時候突然高興

我沒看過她抽菸的樣子
好像現在不抽了
可能是為了保護其他人的名字
或者關於她失眠的秘密

沒有人敢問她的過去
到底她有多愛生命
到底她為什麼，如此，這樣
倔倔的憂愁

縱然憂愁是可愛的
像她這樣一張紙
哲學的質地
令人永遠羨慕的狂喜躁動美

從此你和蟬鳴一起隱形了。

——給也斯

那個藍藍灰灰的周六晨早
有點像
某頂你時常戴的帽子的顏色

你慢慢睡成一朵微笑的雲升上天空
帶走整個香港最深處的蟬鳴
留下像維多利亞海岸線般溫柔的雷聲

每當我們去動植物公園學習做一個人
並且一人一口咬時間的苦瓜
林中的鳥便成群飛過你喜歡的街道與碼頭

晚安晚安

如果還有些精神的日子
你定會帶著三三兩兩的年輕男女
從灣仔坐電車到北角

用一首詩的自言自語
教我們聆聽幾輛貨車行走的勞苦
你會說，那裏有城市的故事

而思念原來像魂魄一樣虛冷
在那個藍藍灰灰的周六
誰也不曉得人生是什麼的一回事
從此你和蟬鳴一起隱形了。

沉默。暗啞。微小。

你吻下來
沉默嘴
吞下將來式社會主義
有口無話的
自由

你要不要？
我沒有選擇
一面鏡的監獄
一粒想像的巧克力
甜得淒涼於是無法言盡

我啞了
我就是個不一樣的人
麻煩的事情
離開言說就不麻煩
是柔順與忍耐

而日子這麼長
瓷地磚上纏著來生的髮
生死與否都不能發掘
我拿著你給的糖
像乞丐握在手裡的硬幣

你要不要吃？
一個灰濛濛的呵欠
沉默。暗啞。微小。
你吻下來
微笑　第二隻耳膜

晚安晚安

＊詩題及創作意念取自黃碧雲《沉默・暗啞・微小》

建築物。

籃球場附近的建築物
多數是熱鬧的醬紅色

工廠大廈附近的建築物
多數是生病的灰色

金融機構附近的建築物
多數是資本主義的金錢色

醫院附近的建築物
多數是屍體放久了的乳白色

圖書館附近的建築物
多數是植物唱歌的嫩綠色
娛樂場所附近的建築物
多數是花花公子的煙草色
墳場附近的建築物
多數是鮮花沉默的漆黑色
很多時候我們抬頭
尋找不到天空的藍色
天空附近的建築物
多數是回憶榨成的檸檬色

為政治勞動。

——給人類

還要不要發言。
若要
政治會為你的嘴巴
找到風水好地

還要不要投票權。
若要
政治會為你的手臂
找到電鋸的興奮

還要不要新聞自由。
若要
去堵塞電視台報館擁抱記者
政治會為你準備

勞動的酬勞
是死去的世界。
在共產的墳墓裡
人類是政治最喜歡的兒女

討論未來／餘燼。

世界愈來愈光
我們愈來愈暗
天亮集體醒來的一箱塵
美夢睡成軟弱的刺

板間房看見的雲正當年少
年少的男同學只有一頂白頭髮
於是連歌都不唱你連信都不寫你
連酒都不喝你連愛都不愛你

活著。

——給彩虹

他們還是愛她們的
與我們一樣會受上帝的傷

至於一隻眼
與另一隻眼的相遇
天生也好，後天也好
重點是他們排除萬難地相遇了

有人在馬路邊偷笑她們
我覺得無聊
有人在捷運站避開他們
我覺得討厭

有一天我坐在公園裡
看見炎熱的天氣讓孩子活著，讓樹活著，讓花活著
最終是愛讓我們活著
那為什麼一顆樹不能喜歡另一顆樹呢

所有在眼神裡面偷偷牽過的手
都是害羞的細胞勇敢奔跑的愛

T／多病的迷宮

柏拉圖。

不需要看懂我的詩
它只是擦身而過的憂傷

不需要看懂我的人
她最後只是一張紙做的乾花

如果你執著要懂
你可以去看村上春樹寫過的海

發現我們共同擁有的
柏拉圖式的傷口

前度。

冷不防風
容易受傷的咳嗽
被黏在玻璃裡
幾隻發夢的細菌
喝得太多酒
其中一隻
玩跳房子的
剛好抱住
失去擁抱的沙發

再生池的疊影。

孤島的眼珠
晃盪一池白背影
惆悵靜夜思

閃靈的回憶
無眼耳鼻舌身意
淋浴裡擦過

時間低著眼
浪裡有浪花湧出
毀容的蝴蝶

穿著黑囚衣
仍像幅甜蜜的畫
花的老朋友

我曾見過你
在望遠鏡另一邊
牢獄的樂隊

童話和音符
包紮受傷的謎語
無人的舞台

蟲吞下聲音
醒來睡去皆是夢
多病的迷宮

晚安晚安

失眠的早晨
像堆填區的夜晚
唯一共同點

免費入場券
來來回回的蒼蠅
人類的真身

懷孕的太陽
映照獨木舟船頭
為屍體穿線

沉思者。

時間在夜裡
永遠不夠親切

他不喝酒
但煙在酒裡喝水

他有一盞為哲學而思考的燈
它像他一樣

經常研究自己身體的作業
它偷看他沾在身體上

一點點因為長大而倒瀉或惡化
的深奧水銀色

最近他得出一個結論
太多人為了愛而計較愛

謎底。

你是瘋狂的歷史
教我們做一柄刺刀或一粒子彈
但寫若無其事的謎語

謎語並不熱情主動
不可能隨時發生兩頰曖昧
於是孤獨，但與你孤獨無關

無關失蹤的聰明無關逃脫的耐性
有些事情只能含蓄地等待
或許另一個幻覺空間的挑選迎接

迎接吃人花迎接馬戲劇團的幽靈
而秋天的風總是迎接幼年期的螢火蟲
伴著牠們走路、寫詩和長大

暫別只是各自的獨立流浪
而你最最好的謎底尚在犯錯的年代穿梭
因此我們願意為你持續地寫潔癖的謎語

讀後／評論

《晚安晚安》——直接剪爛愛

譚以諾

一、

那年《淡水月亮》，打開的第一首詩〈有一個人已經，下落不明〉，一氣呵成，讀來叫人喘不過氣來。詩人是個惶恐的我，活在這不安的城市中：「我是一個人，一個經常感到生活乾燥的普通人／避免引出外界恐慌於是我脫掉黏溼的面膜／我們需要面對城市然而城市並不需要面對我們／我把身體都塗上潤膚液然後離開房子／繼續保持日常上錯車以及下錯車的優雅習慣」。

這是一個經常叫人異化的城市，已經是不少香港文學重而又複的主題：普通的人活在巨大的城市中，要遮閉自我才得以在日常中如常過活。於是，憂鬱成了詩人與城市糾纏不清的情事，「陽光再跌多三吋就要憂鬱病倒碎裂了」。

詩人與城市的常規往往格格不入，詩人需要維持那怕是破碎不堪的獨立自存，那就只好與那些不得不避開卻又避不開的人和事糾纏，例如一桌子的人和晚餐：「我漸漸要花很大的功夫去完成一件小事／例如和一些人在同一張桌子完成晚餐／又或者是，純粹把一個電話號碼順利撥出」（〈你好，憂愁〉）。我很難想像，多次與我一同進餐開懷大笑的詩人，在晚餐過後會寫下這樣詩句。難道這是現代人悲哀的命運嗎？

那年，詩人還年少，愛情總難免成為詩的重要主題，而禮物成為主要意象：「我無法割開身體／送你一個心臟／我只能割開心臟／送你一件心事」（〈禮物〉）。詩人的愛情，就是把自己掏空方便別人來帶她走，就像在這個巨大的城市中，「被陌生的人拿起，被親密的人丟棄」。然而，在愛情裡，任何巨大的異化都即時變成親切，任何的不適應，都即時變成願意努力去攀過的距離。

「禮物」這意象，正表現詩人跨過距離的渴望：禮物，就是無私的一方把自己珍重的，從一個地方，運送到另一個地方，無酬地，給予。所給予的，未必盡是美好，就像這詩中所指的，可以是哀傷，可以是思念，也可以是詩人自我掏空的那個不成世界的世界。

二、

去年十月，陸穎魚寄來《晚安晚安》書稿，我打開檔案，卻發現風格與《淡水月亮》迥異。這詩集的短詩數量較多，不少詩比從前的更為直白，尤與愛情有關的詩作。就像〈野花的箭〉：

我們親手種的野花
凋謝下來的箭
剪爛我永恆給你的一個愛字
或者是
直接剪爛我

沒有以往各種隱喻的修飾，直接以「剪爛……愛」向讀者撞擊。陸穎魚像是要挑戰，以為華麗修辭是詩意的讀者，把詩的能量凝聚在最直接的字上，感覺是「剪爛」，就直接把

「剪爛」丟給讀者。

初時讀到她這樣的轉變，是有點驚訝和措手不及。以往是把愛情結晶於「禮物」這類意象，然後再從「禮物」向外擴散、聯想，以致讀者能透過詩作的中心意象，從情感的一面遊走到另一面；但是剪爛愛的暴烈，這些強烈的字運用得宜時，真的可把讀者剪開，但運用得不恰當時，則易變粗糙、直白、無味，就像〈一隻被愛情吻死的蜜蜂〉和〈蝴蝶的符號〉，就沒甚麼讓人回味的空間。

在突擊與回味之間，陸穎魚這次選用突擊，或可以說是短促。我不能說她十分成功，但在第二本詩集能改變風格，也是該叫人讚賞和期待的。在《晚安晚安》中，陸穎魚繼續她那少女的憂鬱與愛情，像「至於浴缸旁邊那瓶憂鬱的洗髮液／早已裝滿了我過期的悲傷」（〈小九九〉），或「只有妒忌的才叫做愛情／我要建一座牢獄，把你囚禁在裡面」（〈溫室花朵〉），底蘊的感情依然濃烈，是一種自憐而要把對方緊緊地佔有的感情。

對於愛情，有一首我還想提出的，〈每一段婚姻都有一個人會先死〉。這詩談婚姻——愛情的一種形式——把愛情殺死。詩的開首是這樣的：「我們被困在同一所房間裡／爸在吃煙／媽在煮菜／孩子在打電腦」。

愛情之死是死於日常，死於情人變成爸和媽。陸穎魚在這詩中的情感不再是內鬱／囚禁，而是以日常為起點。這種從外在觀察日常，把詩人的「我」抹去，觀看他或她的動作與身影。不知這會否成為她日後寫詩的新方向呢？已為人妻的她，又能否以此來發展出不一樣的語言，不一樣的題材呢？這恐怕要由她的第三本詩集來回答。

三、

陸穎魚的詩，有一個有趣現象，詩人在詩句中愛用「我」和「你」這兩個代名詞來展述各種人與人的關係。詩集也就順理成章的，按此分成不同小輯。「N：一個哀傷方法」可以算是詩人的自我對話，像〈渾蛋〉。

雖然這輯也有詩作用「你」這代名詞，但那個「你」可以看成是「我」的鏡像，像〈致少年〉。這輯的「我」依然以憂鬱為主調，像上面提到的〈小九九〉，但也有渴望離開困局的詩，不過要離開，也不順然：「**孩子喝掉開了瓶蓋的蘇打水／世界一秒之間被雷聲包圍／怪物半秒之間慌張長大**」。那種迫於情勢而長成之感依然躍於紙上。

「I：終於風景、過去風景」是推疊於我與你之間，最明確的表徵當然為愛情，有凋謝了的愛——〈野花的箭〉、有骨連於肉的痛愛——〈動情〉、也有互相傷害的愛——〈溫室花朵〉。當中有一首我很喜歡，也是短促的詩：

與你的距離
我希望可以
短過一條魚的尾巴
我非常敏感的
5cm

——〈5cm〉

陸穎魚的確是一條非常敏感的魚，在這麼短的距離下感受愛。「G：數學在深夜計算你的憂愁」，嘗試營造出詩人更為開闊的形象。愛情與憂鬱不過是生命的一部分，還有更廣闊世界在等待著詩人。

〈一個養女子的貓〉那種冷靜的觀察，可為美麗與哀愁找到詩意的出口；這輯最後一首詩，詩中的「你」可以讀成是詩人的鏡像或重像，「你」的掙扎彷彿就是詩人的路：「泥巴鋪在已經潮濕的屋／四面荒野的牆／正在掩飾早晨的愚蠢／你眼底的藍圖走出一條愈來愈窄的小巷」（〈壞掉的人〉）。這詩帶有泥濘感，但卻跳離開內鬱的沉溺，我覺得很適合作為「我」與「你」糾纏部分的完結。

四、

詩集的後半部分，其實也非只關愛情與憂鬱。「H：沉默。暗啞。微小」這輯是在訴說著詩人與自我以外的人和物的關係。〈豬肉水〉是給母親的詩，日常氣味很濃；〈像她這樣一張紙〉是給美兒的，以詩來描繪另一個與自己同享憂愁的，從他者角度回看自身也有的憂愁，這種距離讓人感到合適；〈從此你和蟬鳴一起隱形了〉是給於2013年過世的香港詩人也斯，大概是懷念前輩詩人的作品，詩中運用到也斯的詩的物象，這些物象卻極少出現在陸穎魚以往詩中，如此，懷念的詩，成為她探尋文字可能性的創作；而〈為政治勞動〉這詩竟是給人類的，以新有的短促語言，送給人類愛情以外的禮物：

還要不要發語。
若要
政治會為你的嘴巴
找到風水好地

還不要不投票權。
若要
政治會為你的手臂
找到電鋸的興奮

談及政治的詩，在陸穎魚的詩作中實在少見。然而，外在環境的變異，有使她不得不面對的情緒，這或許是詩人與世界在物質上的連結。於是，陸穎魚也在《晚安晚安》中，加入五首關於香港「雨傘運動」詩作。她雖然身處台灣，仍然關注；但也因身處台灣，所以未能直擊，直至在佔領期間某天回港與我茶聚，才第一次走進旺角的佔領區。

初試寫政治運動的詩，固然有很多限制，加上創作時間十分接近運動期間，詩作多是詩人抒一己的情緒，較難以讀到在時間點後才能有的「後見之明」。不過作為編輯，我依然覺得值得把這輯詩作收入詩集，作為見證。既是以詩見證運動，也是以詩見證陸穎魚詩作世界的擴張，更是以詩見證她詩作少有的主題——外部世界的暴力。

穿制服的小丑
以及其不可或缺的鐵血訓練
拘捕深夜裡朦朧的激情與和平
不合規則的遊戲規則
是你們僅能擁有的權力
至於他們微小近乎無望的觀點
是回家路上必須危險的技藝

——〈危險的技藝〉

短促、暴力、外在世界，若與她的內鬱、囚禁和憂愁的內部世界貫通連結，則可預期陸穎魚必能寫出比《晚安晚安》更有力量和視野的詩歌來。

晚安好夢／後記

親愛的，世界其實沒有虧欠你什麼。

陸穎魚

晚安晚安

從《淡水月亮》到《晚安晚安》，兩者之間相距接近五年時間。五年裡，生活有見不著的暗湧，有摸不到的恍惚失神，有不能打撈的孤獨，有不敢隨便展露的懦弱，這些堆疊而成的灰色記憶，其實我已經，有些記得，有些不記得了。

或許，只是不想記得？我不知道。

我只知道，現在你們面前的《晚安晚安》，它在冥冥之中，注定是第一本詩集的續集。因為，我依然頑固地，寫著那些，愛呀、痛呀、失眠呀、憂愁呀、死亡呀……卻自覺寫作技巧方面，沒有寫得比《淡水月亮》更好。

然而，無論我有沒有用到詩的技巧去寫，《晚安晚安》都是屬於詩的禮物，是徹底真誠的，更是對應（或對抗）生活的。如果你們有所感動，只因為你們和我一樣，都頑固地相信那些，愛呀、痛呀、失眠呀、憂愁呀、死亡呀……

那些生命中必須經驗的事情。

在那些經驗之後，才能發現並相信，這個世界其實沒有虧欠你什麼。有時候，生活就是，你面前有一塊大石頭，轉身沒有回頭路，要繼續前進，你除了把石頭搬開，別無他法。

當然，《晚安晚安》對我而言，它是自言自語，亦是自我拯救，當中帶著一種荒誕的幽默，內窺的思考，掙扎的堅強。我希望，這些「呼吸短促」的詩，都能成為我們在同一個月亮下，可以共享共鳴的感情經驗，一些互相安慰的暗語。

電影《一代宗師》說：「念念不忘，必有迴響。」

我想《晚安晚安》大概就是這種意思了。曾經，有過耿耿於懷。今天，若有念念不忘，那只是因為，有發生過感情。能發生、能相遇、能回望、能祝福。所謂成長，或許是，把曾經的壞事，在最後都變成好事（或變成詩）。

最後，我要感謝耀輝、以諾、小安、一人，是你們的幫助與愛護，讓《晚安晚安》比天上的月亮星星更加閃閃發光。

20150118 寫於台北

晚安好夢／後記

一人出版社
alonepublishing.blogspot.tw

國家圖書館出版品預行編目(CIP)資料

晚安晚安 / 陸穎魚作. -- 初版. -- 臺北市 : 一人, 2015.02
面； 公分
ISBN 978-986-89546-6-3(平裝)
851.486 104000767

晚安晚安

作　　者：陸穎魚
編　　輯：譚以諾
封面設計：陳恩安 globest_2001@hotmail.com
內文排版：陳恩安 globest_2001@hotmail.com

出　　版：一人出版社
地　　址：臺北市南京東路一段二十五號十樓之四
電　　話：(02) 2537-2497
傳　　真：(02) 2537-4409
網　　址：Alonepublishing.blogspot.com
信　　箱：Alonepublishing@gmail.com

總 經 銷：聯合發行股份有限公司
電　　話：(02) 2917-8022
傳　　真：(02) 2915-6275
I S B N：978-986-89546-6-3

二〇一五年二月　初版
二〇一六年三月　二版
定價新台幣二八〇元

Printed in Taiwan

UMBRELLA MOVEMENT

1

在濃黑夜晚

一株綠光西洋菜

特別昂貴

2

她們在

資本主義勃起的商店裡

鼓起勇氣爬出來

素顏，並熬了過去

3

那片黃色森林

有男有女，有老有少

月亮嫌他們的影子

不夠色情

4

掉在擠迫人群裡的一隻波鞋

倒地受傷的姿勢

像 S 字一樣美麗

5

變形的傘抱在一起

互相完成對方生命

最燦爛的被殺

6

陳小姐想出去旺角

買美少女戰士

安全起見

她決定扮成一隻動物

「豬豬」

7

今晚街頭壓軸表演

一支警棍種在一名男子後頸

鐵樹開花

8

他們可以不吃榴槤

但不能不去購物

否則生活毫無快樂可言

9

為了挽救經濟增長

不少熱心市民決定繼續購買

自己的傷口

10

「冒著敵人的炮火」他們終於

快過自由行

在差館買到第一個案底

徹底完成旅行的意義

20141201

鳩鳴旅行團。

太陽的美德愈來愈戲劇化
內陸吹來的風夾雜五顆恐怖星星

陸地與斑馬線交換從未出現的潛規則
而我城並不提供官方逃離方法

後會無期的帳篷向金舖和藥房揮手
沉默是一種隱形飛翔的選擇

未來日子貼著金黃色古老尋人啟事
是追憶似水年華的歷史文物

當他們繼續做未能盡錄的死亡紀念冊
我們繼續撐你們一眼就認出溫柔承受劫難的傘

20141125

我城，我們。

接近九月的最後一頁
黃色的傘作為苦行記號
保鮮紙的臉被胡椒噴霧打開
打開滿街窄巷一覺醒悟的燈
而職業密謀家你推我撞的
樂於散播傳染病的暴怒
穿制服的小丑
以及其不可或缺的鐵血訓練
拘捕深夜裡朦朧的激情與和平
不合規則的遊戲規則
是你們僅能擁有的權力
至於他們微小近乎無望的觀點
是回家路上必須危險的技藝

20141122

危險的技藝。

他們已經不下一次
在凌晨的默契交界相遇

是風的緣故
一塊葉子碰到另一塊葉子
發現對方種在同一棵樹之必要

他們唱歌，微笑，有時忍不住
擦去掛在臉上的汗或者淚

街道上五顏六色的帳篷如此疲累
彷彿整座獅子山的憂鬱
在想念著創世紀與明日自由

他們舉起玻璃的雙手
讓你們餵眼睛吃，感動的胡椒
讓你們任由驕傲的催淚彈，四處亂跑

暴力的黑影在暗角俘虜太陽
但永遠無法阻擋一隻螞蟻走過光明磊落

20141026

風的緣故。

香港和真普選的婚宴已經開始
抱歉人在福爾摩沙無法赴會
猶幸面書提供外國勢力
讓我得以見證一場魔幻戀愛
看著你們在大街馬路巷尾大排筵席
有水有麵包有香蕉還有鬼佬香腸等等
令我眼下的魯肉飯頓成憂鬱飼料
而我不得不説
香港，你戴口罩的樣子真美麗
真普選，你穿黑色禮服真好看
賓客為你們大合唱的歌是海闊天空嗎
（廣東話就係咁鬼好聽）
不過我還是第一次看見警察帶胡椒和長槍作為結婚禮物
怪異但可見 689 分的心思和誠意
唯獨學生老人送的保鮮紙面膜和縮骨遮如此 MK
幾乎與和平公義無關
最後我僅以狼的名義送上祝福
望阿爺靜好，遍地開遮
民主萬歲萬歲萬萬歲

20141001

抱歉我無法去飲。

以下是有關香港的天氣報告

20141001 （多雲） 抱歉我無法去飲。
20141026 （有雨） 風的緣故。
20141122 （雷暴） 危險的技藝。
20141125 （密雲） 我城，我們。
20141201 （有雨） 鳩嗚旅行團。

我不明白的東西，竟是如此眾多。
以致我只能在事件之中，充當正義的冒牌貨。

我們身處這個世界，究竟有何意義？
我很喜歡，蕭沆說「生命一再堆積無效的秘密，獨佔了天下的無意義，結果它所勾起的恐懼比死亡多：它才是真正的未知數。」

生命就是未知數。直至死後，依然是。

我們如何能夠預知：一把傘／一個口罩／一頂頭盔／一塊紙皮／一部攝影機／一個記者／一個學生／一個市民……他們團結起來所製造的歷史啟示與成就？

正如我的詞彙，它們組合起來的所謂「詩」——只不過是自我情緒解體之必要，代替意志崩潰之必要。是我衷心希望能與你們精神同聚，共同面對未來未知數之必要。

20141210 寫於台北

前言

香港時間／我在／台北時間。

陸穎魚

我不在現場，但我與你們同在。

許多早晨日子，醒來感到難過。
手機螢幕把前一晚的人事物重新翻熱，從獅子山送來，擺在面前。
我的早餐：憤怒、擔心、憂慮、眼淚、無奈……

所有東西有根有據，但我總不敢說話，表達情感，怕驚動意志崩潰。
我清楚知道，崩潰了，生活便難以順序排列。

時間接著時間，一分一秒準確無誤地流過去。
而你們，也一分一秒準確無誤地，為了探索民主自由生命，抗擊一場近乎勝利無望的戰事。

我不在現場，但我聞到暴力的氣味，觸到藝術的傷口。

面對神秘的是非黑白，我嘗試用詞語尋找自己的立場與承擔。
卻往往獲得更多矛盾困惑無望。

「無論高牆是多麼地正確，雞蛋是多麼地錯誤，我永遠站在雞蛋那方。」——村上春樹

雨傘運動

UMBRELLA MOVEMENT